客厅·玄关

200例

LIVING ROOM ENTRANCE

东易日盛编辑部●主编

吉林科学技术出版社

CONTENTS

客厅
LIVING ROOM

玄关
ENTRANCE

LIVING ROOM

客厅

01

用奢华手法玩味经典细节

有时，看似简单，却品质无上，运用古典的繁复，依然上演奢华场景。在这个案例中，设计师与主人一起用独特的装饰手法，用金色营造出无上的奢华感。

02

新古典主义的雍容与从容

　　大厅正中曲线婀娜的复古灯具，墙壁上的壁画以及触目所及的青花瓷陈列橱窗，融在这西式宫廷雍容风度之中的另有中国传统的清秀、典雅，弥漫着一股儒雅的书香气。

03

中西合璧　古典风格的美家

西式的家居风格，中式的纹理造型，打造中西合璧古典唯美家。主人把中西古典风互相结合，打造出温馨小资的家居风格。

时空交错的古典居室

香榭丽舍，永远的高雅、浪漫、时尚……割舍不下时空交错的古典，新怀旧主义的沙发、华丽沉稳的灯饰、极富装饰性的座椅、精致的流苏。这一切仿佛在梦想中才会出现，现在就让我们一起畅游这个梦想中的居室吧！

04

05

感受空间的惊喜

空间的华丽隽永在唯美的弧型线条及对称的轴线中得到释放，将精致华丽的古典元素铺陈出空间里的惊喜，透过奢华的背景烘托出优雅迷人的深度……

中式家具 传统风另样打造

传统的中式家具颜色往往比较深沉，在使用上往往显得太过于沉稳而没有时尚气息，只需善于运用色彩和软装饰，合理搭配就能让中式家具更适合现代人的口味，让古典与时尚更完美地结合。

06

07

时尚创意家居风

混合进更多的元素，将传统的文化底蕴与当下的流行趋势充分结合，让空间更加精致、简约、淡雅、唯美。我们没有可能经常性地搬一次新家，但是，用我们的智慧和审美，随时可以搭上时尚的快车，创造一个惬意、浪漫的家。

08 布拉格之恋 新古典主义唯美家居

源自布拉格之恋的家居设计，美轮美奂的新古典主义夹杂着美式风格，家具与装修的完美融合，大气而雍容华贵，时尚而贴近生活。

滨海风情　典雅空间

深色的窗帘没有使空间变得沉闷，相反，搭配玲珑的水晶灯与海洋气息十足的装饰，加上一株大型植物，整个空间如同海边的假日小屋。

09

10

穿透时空领略古典美

新古典风格利用现代的手法和材质还原出家居古典气质，使家居具备了古典与现代的双重审美效果；完美的结合让人们在享受物质文明的同时得到了精神上的慰藉，被追求高品味生活的社会精英所热捧。

感受别样奢华

时下千篇一律的现代简约，主人要打造一种复古的精彩。不同于传统奢华形式的设计手法，打造属于自己的温馨天地。

古典家装饰　为自己盛开的花朵

客厅全部采用浅黄色的墙壁加上复古的装饰线和金色雕花，复古的家具，配以豪华的水晶灯，相应成趣，只有古典的款式才能承受得起心里那些深沉的东西。

13

色彩情感空间

　　在客厅的这个角落，是不是能感觉到充满了欧式的古典气息。从金色到纯皮的质感，从实木家具到绿色植物，设计师打造出迷人的色彩情感空间。

充满张力的空间

粗朴的砖石与细腻的灰色沙发与
镂空装饰的墙壁，材质与色彩的对比
让空间充满张力。角落里明亮区域，
是主人藏酒收藏的展示空间。

空间配色　打造幸福氛围

　　客厅采用浅色系的布艺沙发，加上同色系的茶几，构成了一动一静的画面。从浅粉的壁纸到纯白的家具，从金色的画框到亮丽的水晶吊灯，整体空间配色粉嫩感十足，装饰细节充满幸福滋味。

16

复古田园风　减压视听享受

碎花窗帘搭配花格的布艺沙发，复古的墙砖与白色
实木的吊顶，加之暖暖的灯光投射，这是一个减压的视
听空间，是一个田园风浓厚的客厅。

29

17

简约中的奢华

　　空间设计保留了典雅的造型与细腻的线条感，使家具多了一份古朴的风味，整体设计无不透露着一种优雅的居住美感。

18

绿色恬静屋

大叶的绿色植物占据了大部分空间，绿色的沙发也充满了自然清新的气息。在墙壁设计上，纯白色的墙体没有加之过多的装饰，绿色和白色的简单对比和自然融合，室内的空气似乎充满了森林气息。

19

中式的家居风格

　　中式的家居风格也完全不用再是沉闷的、暗调的，让人感觉不到放松的美妙。混合进更多的元素，将传统的文化底蕴与当下的流行趋势充分结合，让空间更加精致、简约、淡雅、唯美。这里大胆运用了粉色灯具，并且造型奇特，宝剑与古画，延展出一个极具动态美感的艺术画面。

混搭成流行 打造时尚客厅

古典的家装风格摒弃了简约的呆板和单调，也没有古典风格中的繁琐和严肃，让人感觉庄重和恬静，适度的装饰也使家居空间不乏活泼的气息，使人在空间中得到精神上和身体上的放松。并且紧跟着时尚的步伐，也满足了现代人的"混搭"乐趣。

21

敞亮与温情至上

在新古典主义的美学中，一切的结构设计都是为了让阳光充满整个家居环境，客厅便成为了整个环境的重要部分，更要注重宽敞和明亮。

22

奢华感 富贵风

躺椅是客厅最重要的成员，本案基于新古典主义风格，不仅继承了实木材料的奢华感，玻璃、金属等现代材质也被运用其中，富贵风十足，改变了清一色的"木质时代"。

23 自由与舒适至上

带有异国情调的古典主义，配以现代的居室风格，整体设计无不透露着一种优雅的居住美感。用墙纸和涂料来装点墙面，高档壁纸的使用是新古典主义风格的特点，能对室内风格起到事半功倍的效果。

24

世外桃源　宁静空间

整个空间以大面积的落地玻璃窗为主体，在窗边开辟一个阅读空间，一组沙发、一盏吊灯，营造充满人性的亲切，在墙角装放置一个简洁的储物柜，将窗外景色引入室内，简单却又不失华丽的贵族气息。

25

异域风情小景

本案结构清晰、风格简单，最吸引眼球的就是那些随处可见的艺术品。主人用家具和艺术品创造出了房子的个性，每一处都是充满异域情调的小风景。

26

名仕大宅 情调新古典

似乎有巴洛克风格的雕琢，但又不是很浮华在古典的空气里，新古典主义似乎找到了自己熟悉的感觉——家的感觉。去繁就简，强调适宜是新古典主义对设计最大的贡献。

27

自然质感充满整个空间

客厅的吊顶造型与材质都十分的特别，颜色与地砖相互呼应，整个客厅活泼而不炫乱，更显现代风尚，。

28

崇尚新古典主义

去繁就简，强调适宜，是本案设计的特点。崇尚新古典主义，崇尚自然风尚，摆脱繁杂的设计，打造出完美的客厅空间。

29

宁静空间　大尺度释放

凭借挑高的大空间条件，将电视背景墙做到最高；实木的家具和楼梯秉承欧式的经典设计，空间宁静高雅，大尺度的释放让客厅充满了高贵的气息。

新古典主义的情调

设计师大量运用黄色、金色、白色、暗红，从此例中便可见一斑。深红色的皮质沙发，镶花刻金的画框，暗红的橱柜无不体现出新古典主义的情调。

30

新古典的装饰风格

门框、窗格的设置不仅让室内的
采光效果极佳，也强调了空间感和进深
感。布艺沙发、带有古典图案的茶几、
抽象壁画和水晶灯、壁灯等使原本略显
单调的回廊充满装饰意味。

32

时尚中式家居风

　　当代复古风潮的沙发居于空间正中，两个镜框透露着强烈的时尚气息，镂空的中式隔断，这三组座椅各居一方，复古造型的灯具，构成了稳重而沉静的起居空间。

33

古典完美布局

落地高窗的布艺帘与沙发遥相呼应，而华丽的水晶灯，恍如一个美妙的梦，轻唱一首古典的歌。

客厅的布置搭配

天花壁灯加水晶吊灯，照亮了会客区，也照亮了会客人的心情。素色的窗帘，与精雕细琢的沙发，无论在款式和色泽上都十分匹配，为客厅带来高贵、优雅的气质。

34

49

35

中式的客厅风格

　　明亮清新的客厅，在多样的风格素材下，创造出富丽堂皇的视觉美感，散发着无限的想象力与设计感。而木质沙发，白色羊毛靠垫，则静静地吸引着人们的目光，是目不暇给视觉旅程中停顿的休止符、或硬朗明快，或细腻婉约的线条生成了有生命力和表现力的艺术形式，营造出欢愉的客厅。这个客厅，陈述着东方文人的怀旧和对新时代的向往。

36

乡村风格的客厅

主人的客厅，乡村风格，以洁净的白色为基调。古典花卉图案的沙发以及靠垫为空间增加了活力，白色的沙发，线条流畅而唯美，古典样式的台灯见证着家里的快乐。

37

舒适生活空间

极好的采光，通透的空间，轻松的调性，让这个房子不只有贵气，也有温婉多情的一面。阳光穿过玻璃照在地毯上，那美妙的光影如同一幅流动的画面，令人陶醉。舒适的沙发，配上一张茶几，就可晴观落日，夜观星空了。

38

—

舒适现代居

门框、窗格的设置不仅让室内的采光效果极佳，也强调了空间感和质感。枣红色皮质沙发、花色布艺沙发、棉麻质地的沙发，使原本略显单调的客厅空间充满舒适的装饰意味。

39
_

钟情实木家具

　　整个室内的被实木家具所占领，一侧的华丽
座钟则是整个空间的点睛之笔。岁月蹉跎，质感久
远，经典不变。

40

布置心爱的家

　　家，是忙碌生活停靠的港湾，是繁杂都市自我的回归。布置心爱的家，设计自己的居室，其实就是在设计自己的生活。

41

丰富的视觉空间

有人留恋周游他乡的生活记忆；有人追求现代的都市节奏；有人喜欢乡村气息的自然灵感，也有人钟情经典豪华的宴会居所……现在所有这一切对家的梦想都能在丰富的视觉空间中实现。

42

确定室内装饰的基调

虽然是多种元素共存，但不代表乱搭一气，混搭是否成功，关键还是要确定一个"基调"，以这种风格为主线，其他风格做点缀，分出有轻有重，有主有次。

43

时尚元素演绎都市风情

客厅设计风格很多，但无论什么样的设计，对通风、采光的要求都很高。本案的设计立足于大空间，时尚的纹理，几何拼贴的图案，波洛克似的墙壁油画……整个空间充满不同的时尚元素。

44

多元混搭　生动空间

　　本案设计适用于时下流行的三室一厅或者
两室一厅的房间，不需要太大的空间面积，只
利用多元的混搭元素，空间赫然生动。

45

享受轻松的生活气氛

　　本案的客厅设计都是采用两种以上的颜色作为主题，无论是色彩还是配饰都很有特色，以充分体现主人的品位和意境。轻松的装饰风格，带来舒适的客厅设计享受，营造轻松的生活气氛。

46

奢华中的休闲

通过设计师的巧妙设计，把空间利用的淋漓尽致，没有丝毫浪费。无论是色调还是空间结构，都给人一种简约大气的感受。沙发以浅米色花纹为主，为了缓和豪华之意，在奢华中注入了些许休闲感。

47

现代艺术气息

以白色为主要色调，摒弃那些古典的雕花装饰，舍去实木纹理浓厚的家具，取而代之的是现代艺术感超强的布艺沙发和前卫的油画。

48 绿色客厅的打造

客厅的布置代表着主人的生活风格，所以客厅布置通常都是居家布置的重心，适当的在客厅中摆放适合花卉、挂画、饰品……不仅可以让空间充分发挥个人风格，并达到美化的画龙点睛之效，且适度地将花草搬进家中，无形中就像把大自然搬回家一样，自然将鲜活植物的蓬勃朝气引入客厅中，更让坐在客厅的人都能感受一种绿化清新的舒畅感。

49

客厅引入光源

通风、采光皆佳的居住空间，给人明亮、健康的感受。

50

清凉气息

依据居住需求、全家人喜好，规划出一个有着清凉气息的居家风格，让客厅成为全家人最喜欢的聚会场所。

51

让客厅看起来更宽敞

　　从一进家门到客厅，或从客厅到
其他卧房空间，若是能掌握住出入动线
的简化，将可让客厅看起来更清亮、宽
敞，也可以提升整个房子的使用机能。

52

欧式古典风格壁纸

欧式风格常常会贴欧式的墙纸。花纹比较明显，纹理也较突出，欧式风格很少有留白的处理，因此就算是墙面也是非常有看头的。

53

欧式古典质感

顶角线、踢脚线和门套基本采用白色，在造型上非常复杂，往往采用以长方形为主的直线条，最少有两到三层的装饰线条，加上线条中各式各样的图案和花纹的点缀，古典质感给人以华丽的视觉享受。

不同凡响　贵族气息

　　欧式家具中，灯具是非常重要的，大型的水晶灯吊顶能给客厅增色不少，灯上的珠链不仅仅是装饰，而且有很大的反射作用，让光线比较均匀地照在房间的各个角落。

54

55

豪华不乏实用功能

　　欧式古典家居一直给人一种极尽奢华的印象，色彩多以米黄色为主，整体家居为暖色调，更能突显出整个房间的高雅和沉稳的实用功能。

56

巴洛克风格的家具

带有金色雕刻花纹的巴洛克式的家具是欧式家居的一大特点，最能体现古典主义奢华、繁复的精神。无论是沙发、椅子、橱柜、扶手还是开关，每一个细节都渗透着欧式的情怀。

79

57

布艺的作用

　　布艺家具应选择具有西方风情的造型，比如沙发，在整体明快、简约、单纯的房间空间里，浪漫之感油然而生。

58

灯光的运用

　　房间可采用反射式灯光照明或局部灯光照明，置身其中，充满舒适、温馨的感觉。

59

空间中的个性展示

空间简约，色彩就要跳跃出来，红色、蓝色、绿色等色彩大量运用，大胆灵活，不单是对简约风格的遵循，也是个性的展示。

客厅主题是明亮

客厅是会客的地方，因此光线一定要充足，光檐照明灯饰有照明与装饰的双重作用，在空间中分布得均匀柔和，营造出温暖的感觉。

60

61 安排休憩区

公共空间以开放式格局延展，搭配碎花图案浅色壁纸，加上欧式风格家具，突显与强化空间的宽敞及深度，同时也消除了视觉上拥挤狭小的感觉。

62 开放式格局

靠窗的地方安排了低矮、质朴的家具，透过家具的线条，将延伸感从户外一路带入室内。

延展的挑高空间

挑高空间，向上延展，客厅设置在下方，让使用者得以享受最恰好的生活空间。

64

油画作为房间的装饰品

除了家具之外，一幅具有艺术气息的油画，和复古的画框也是必不可少的装饰品。

联动公共空间

客厅、餐厅、厨房等公共空间，
采用开放式的设计手法，加上灯光的运
用，使得空间更为大气。

65

66

凸显木纹质感

各式木材拥有其特殊而独特的纹理与色泽，其纹路所构成的面可以轻松营造视觉焦点，甚至制造宽阔开放的假象，此外，木质材料的温润质感，也往往能为空间注入自然的气息，打造出无压、休闲的气息。

温馨浪漫的壁炉

梦想拥有一个壁炉不再是美丽的奢望，在你的家中处处充满的欧式的浓情，这样的设计可以给你的家再添一缕温馨浪漫的生活情趣。

67

阳台空间的利用

68

阳台不封装，地面材料可以使用防水性能
好的防滑瓷砖，墙壁和顶部材料使用与客厅相
同的装饰材料，以达到和谐统一。

壁炉的装饰效果

从某种意义上说，壁炉已经成为了欧式古典设计的一个标志。现在流行的新式壁炉构思巧妙、造型时尚、创意丰富、工艺简约，与新古典风格的搭配非常统一。

69

70

自然风居家

　　现代人生活压力大，单纯、自然的舒适生活是每个人所向往的，于是大自然元素渐渐被引入居家设计领域，甚至成为一种流行。

71 体验自然休闲风

植物的摆设、暖色调的运用、花色图案的沙发及流通的空气等元素，都是营造休闲风居家所经常运用的要素。

72

异国风格自然风

因地域和气候的不同，自然风格居家加入
异国的元素，以创造多元的风格、面貌。

73

生活中的一米阳光

欧式风格使得它凸显温馨惬意。柔美的线条、典雅贵气的色调，使得空间具有法式风情的奢华而不张扬，温馨动人。柔媚动人的色调搭配别致的花卉和装饰细节，使得这款客厅分外别致。

74 空间扩大的方法

一个合理的布局可以让客厅"屋"尽其用。你需要做的是尽量减少隔断的干扰，在合理的范围内将不满意的格局加以改变，让空间变得通透、没有阻碍，这是最为直接的扩大空间的方法了。

75

耀眼光芒凝聚居家视点

纯白、金色、酒红，客厅耀眼的光芒让人惊叹设计师的经典之作，这里将凝聚居家的视觉焦点，将空间奢华的尺度再次放大。

76

花朵图案 明亮整体

因为沙发和窗帘都使用了大量的同色系花色布艺，所以客厅整体的基调温馨，这让房间的整体和谐感觉进一步升级。

放大空间 搭配家饰

77

要放大空间，把握、强调"大块"与"简洁"的感觉，而局部运用家饰品，有助于烘托出"大"空间的层次与丰富，增加趣味。

中式浪漫 混搭情调

如果眼睛是心灵的窗户，那么一扇美丽的窗就是家的眼睛，这双"眼睛"不仅开启了光明，更为家带来微妙的光线变化，让人在窗前那方小小的空间中，体验到家的四季变化。虽只是小小一隅，经过悉心装扮的这个角落，也能演绎出不同的混搭风景。

铺陈自然气息

各式的天然石材搭配质地温润
的实木家具，能够让室内感觉与自
然互动更紧密，别有一番趣味。

107

80

自然气息的运用

即便采用了较为沉稳的色彩，但是只要一致的色调与简单的器具配置，空间依然拥有自然气息。

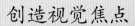

创造视觉焦点

　　整体空间的格局十分舒适，而且没有装设复杂的家具，让人一踏入这个空间就自然会将视线拉高，营造了环境开阔感觉感。

81

82
—

空间张力无限

中规中矩的线条将空间感贯
穿始终，背景墙的效果不但质感
浓厚，而且房间的整体效果张力
无限。

83

自然居家的田园风格

自然古朴的石块铺设与墙面，错落有致，小石子砌成的水池座落与一角，墙壁上干草编制的小鸟巢使人感觉回归了自然。

84

利用挑高装饰田园空间

技巧性地将空间中的线条拉长、拉平。将会影响视觉上的简洁度乃至于开阔度。线条一旦过于繁复或是凌乱，不但容易将空间切割得零碎，也无法延伸出大块空间感。

85

大理石流纹演绎空间过道

　　从墙面到地面都贴上了大理石，地面则以
大块形式来营造气氛，朴实每一片天然大理石
时，注重重细节的对华拼贴，做工相当精致。

田园一隅

田园气息浓厚的布置风格，
绿意盎然的植物，都将这一区域打
扮得分外有味道。

87 别致延展温馨生活

温馨舒适的色调搭配，独特的花卉和装饰细节，使得这款客厅分外别致。

88

抱枕、画饰的装饰效果

　　浅黄色为主调的客厅中的深色皮质沙发，设计师以抱枕、画饰来创造视觉焦点，增添空间丰富且明朗的味道。

89

复古中国风家居

中国古典家居，明代以简练、淳朴为基本特征，而清代家居则讲究精雕细刻，在雕梁画栋中融入民间故事及神话传说，表现出一种雍容华贵的祥和之气。

90

风格混搭展演生活情趣

复古造型的吊灯对应着现代舒适感极强的沙发，
诠释一股绝妙的饭店混搭映像。

软性织品柔和空间

在放大空间感的同时，可别忘了为居家注入柔和的因子！织物的运用，便是强化空间温馨的最佳选择之一。

92

低调色彩与设计放大空间

占据中间位置的桌子特别采用低矮且设计简洁的方式，另外再以低调的浅黄色家具点缀空间，强调自然材质的舒适与质感，以突显居家风格。

93

胡桃木柜隐藏收纳对象

电视背景墙的胡桃木内部预留了插头、网络与讯号线的管路，在视听之余，还能将线路收纳进去，成功地隐藏收纳对象。

地毯的搭配

考虑南方多气候潮湿，建议可在住家局部使用区域毯，客厅区、玄关入口处等地方，这样做能够增加舒适感。客厅地面视觉上更温暖、丰富，应选择好清洗、面积不大的地毯。

95

浅色墙与深色家具创造立体感

整体空间铺陈以浅黄色材为主，家具使用深色木质及布艺材料，营造鲜明对比，即让空间变得更有立体感，也有放大空间的效果。

96

艳丽图纹织物　美丽视听空间

　　这个客厅完全融合了主人喜欢影视的爱好，艳丽的图文家居装饰不仅是主人的最爱，而且使这个视听空间变得越发的美丽。

艳丽图纹织物　美丽视听空间

97

回归古代

　　从心理上讲，越是远离一个年代，人们越是对那个年代怀有神秘感，越向往那个年代的时代性。在去伪存真、去粗取精中去怀念与吸收那个时代的文化与营养，身居其间，吟咏几首古诗词，便会找到一些脱俗的感觉。

装饰品的选择

想办法让你平凡的小家熠熠生辉，
可以选一些独特的装饰品，让它们和家
一起绚烂地绽放。

99

挂饰活化场域气氛

挂饰能令墙面产生立体感，与空间形成对话关系，避免让主要的重量集中于地面。

家具的摆设

摆设家具前，应衡量家居与硬件之间的呈现关系，让家具跳脱传统角色，消减使用上的区别性，即可有助于空间感的拓增。

101

量身定制家具更符合空间利用

考虑到空间的完整性，从客厅的沙发到主卧的床组，都是定制的，不但符合空间恬静、素雅的风格，更能贴近使用者的习惯，创造出更符合生活的居家空间。

花朵图案的运用

红色的印花窗帘，图案的装饰效果更加突现，红色、米色花朵图案的沙发让客厅彰显出主人的热情。

美式风客厅

这个客厅场景是不是很有好莱坞电影的味道。金色的壁纸搭配铁艺的吊灯，玄关、客厅、楼梯这三处都各有特色，而且又完美地呈现在一起。

104

田园客厅　自由至上

　　田园生活的特点，要有平和的休闲空间，可以放松精神。这与家居设计的理念不谋而合。于是，充满着户外气息和大自然味道的田园风格家庭装修，便被设计师引入了现代家居中。

大空间的时尚味道

既然空间够大，那么就让视觉感更宽阔，让采光更彻底；如果挑高够尺度，那么就让壁画更夸张，让水晶灯更奢华。

106

—

合理选用家具

　　家具的摆设也是影响空间感的重点之一。以形式而言，掌握复合式功能，争取更多的使用面积。家具的色彩以同色系为佳，强调空间的利落度，空间自然轻盈起来！

107

用画框装饰房间

　　用画框装饰房间裸露的白墙，一直备受人们的推崇。只是在实际行动中，往往因为挑选图片或解决悬挂问题而一再耽搁。旅行中收集的风情相框、孩子的涂鸦、随手的笔迹、美丽的蕾丝或者杂志上的图片，甚至户外收集的植物标本，都可以成为装饰墙面的元素。并不是只有名家画作或者艺术照片才值得挂上墙面。

108

低矮家具　开阔空间

　　家具采用低矮且造型简洁的形式，摒除繁杂的装饰，大大提升了开阔度。

壁纸营造开阔空间感

壁纸是空间的背景，越是模糊、淡化，越容易搭配。壁纸的图案和配色以柔调为主流，花色简单，且不在构图上做强调，做出平面的立体感，于空间基调中创造一些变化。

110

居家风格配色

　　跟天花板与地面一样，壁面在一个空间中所占的分量集中，而且是人们视觉上较容易接触的所在，活化壁面的大块面积，有助于界定场所的主题风格。

111

古朴雅致　回归经典

　　处处都充满着欧式风的浓情，壁炉上纹理搭配碎花布艺，墙壁上的油画被两侧的壁灯微微照射，散发出细腻柔和的质感。房主偏爱这线条的玲珑与空间的雅致，回归经典，呈现与众不同的生活品味。

112

田园式的家装风格

　　没有夸张的布置，也没有耀眼的色彩，只是采用了朴素的藤制编制座椅，便构筑起一个清新的自然居所，这就是田园式的家装风格。

113

配色与质感
决定空间韵味

从墙壁的仿古质感，到沙发表面的选材，包括电视柜的整体设计，整体的质感充满了房主对复古装饰的向往。窗边一株大型绿叶植物，茶几上两朵粉红的小花，为房间整体的配色又增添一丝活泼。空间的韵味就这样自然地打造出来了。

繁花似锦

茶几上的、插在花瓶里的，以及透过玻璃窗所看到的美丽景物，在空间中散发着无限魅力，与之相称的是墙壁上那点点清香。

115

古典元素面面俱到

欧式古典风格的装修元素运用得非常到位。颠覆传统印象中只有贵族才能拥有的法式别墅的想法，在我们的生活中也可以精心打造。

现代家具展现中式风格

　　现代家居中，客厅与卧室的空间都在不断扩大。因此像条几这样的家具又有了它的一席之地。3~4米长的条几放在大客厅中，显得十分流畅和气派，是陈列工艺品的极好用具，再加上它本身的精雕细刻，便进一步营造了艺术氛围。

116

小空间的奢华装修

为了不使空间变得太过复杂零乱，甚或变得俗不可耐，颜色的配搭与和谐，在同一空间内运用不多的颜色，一些家具颜色相当素雅，是一个显得相当和谐的欧式风格家。

118

理想照进现实

水晶灯、仿古钟、挂画、华丽的古典家具，只觉得整间屋子金碧辉煌，充满欧式情调，奢华却不张扬。

119

精致却不乏实用

　　一般欧式古典风格，最擅于运用金色和银色以呈现居室的气派与复古韵味，在色彩的运用上，也选择以金色、黄色和褐色为主色调，这使得整个家居设计显得大气十足。

ENTRANCE

玄关

O1

玄关的设计

　　玄关是指厅堂的外门，现在经过长期的约定俗称，玄关指的就是房门入口的一个区域。设计不要太复杂，只要视觉上舒适，并且适用于整体装饰即可。

珠光宝气 玄关生辉

现代家居中，玄关是开门第一道风景，也是让人回到家可以第一时间放松自己的空间。

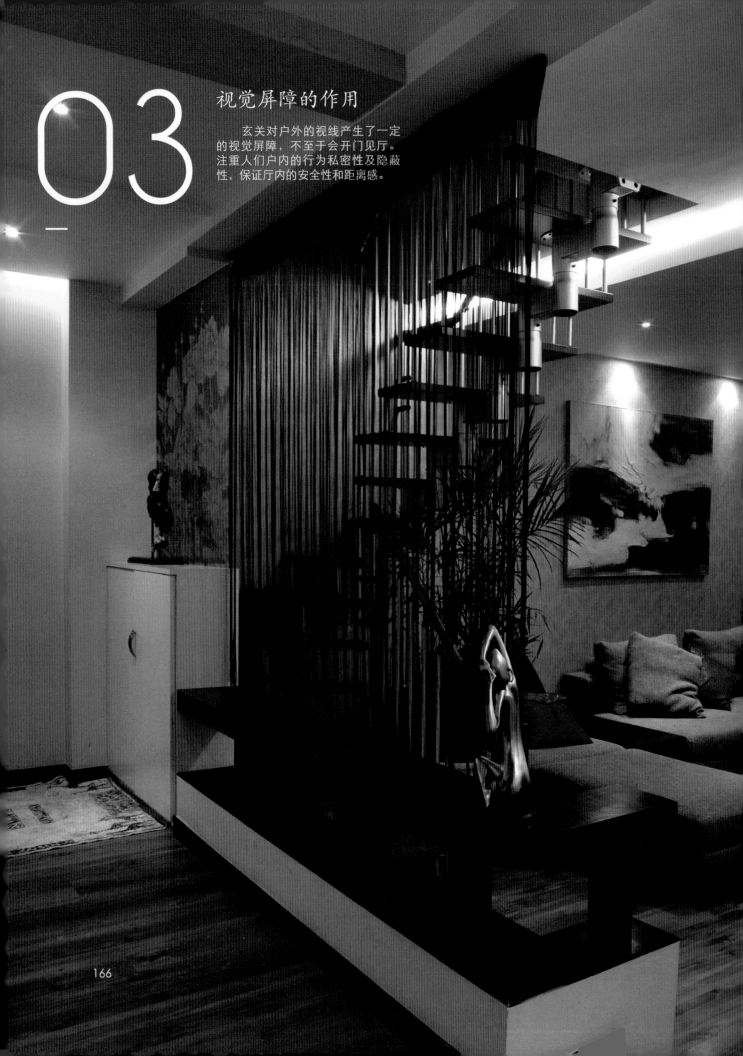

03

视觉屏障的作用

　　玄关对户外的视线产生了一定的视觉屏障，不至于会开门见厅。注重人们户内的行为私密性及隐蔽性，保证厅内的安全性和距离感。

异域风情 实用设计

　　玄关在使用功能上，可以用来作为接待客人
的主要区域，还是换鞋、放包的地方，也是可以
放置包、钥匙等小物品的空间。

05

玄关的墙面设计

玄关的墙面与人的视线距离很近，常作为背景来烘托。重在点缀，切记重复堆砌，色彩不宜过多。

家具和隔断设计

玄关除了起装饰作用外，另有一重要功能，即储藏物品。玄关内可以组合的家具常有鞋箱、壁柜、更衣柜等，在设计时应因地制宜，充分利用空间。

炫彩风格

玄关是进入室内的缓冲区，也
具有联结空间的功能，它的风格应该
与整体风格相呼应。

07

08
一

营造入门的轻松氛围

在玄关装点上是花团锦簇的魅力风景，一是为了避免让来访的客人一进门即指示屋内，一下子看到整个房间，另一方面也是为了营造入门时轻松自然的氛围，让宾客感受主人的用心。

09

立体图案成就平面效果

玄关的空间通常不大，利用立体图案与镜子能拉长它的景深，并且放大它的空间感。

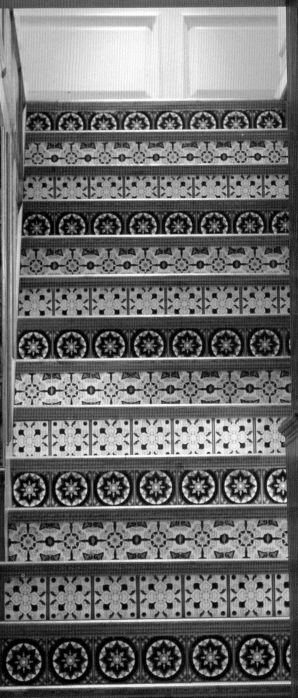

玄关花卉的布置方法

通过色彩鲜艳、形态美好的花卉组合，构成一幅赏心悦目的景色，让原本空荡荡的玄关边桌增添了活泼的生气。

10

以单一花材为好

11

玄关的特性只在作为内外空间的作用，所以它的布置风格应与整体空间风格相呼应，而不抢了主要的风头。选择单一的花材来布置，都能让玄关成为出色的空间配角。

玄关植物的摆放

12

玄关摆放植物，绿化室内环境，增加生气，摆在玄关的植物，以赏叶的常绿植物为主。

174

以灯光作为空间区隔

用灯光来过渡不同功能的空间，
气氛在不知不觉间就做了转换。

14

中式图案尽显文雅风范

美观大方，最好是带有吉祥如意的图案或辟邪的图案，也可以在玄关摆放与这些图案有关的饰品。

深灰的尊贵质感

一进玄关，映入眼帘的就是整体深灰色，简单的射灯让这个空间充满了低调的尊贵质感。

16

天花板色调不要太深

天花板的颜色要注意由上到下应该深浅搭相间，从上到下一致。天花板上的灯具不能设计成三角形，最好是方形或圆形。

采光不足以明亮花卉做补充

——玄关通常处在阳光无法直接照射、光线不足的位置。使用令人感觉明亮有活力的鲜黄色等色调的花卉，不仅增添玄关的明亮度，也能在朋友来访时，给人温暖、受欢迎的感觉。

18

第一道风景

作为家中入门的第一道风景，玄关在家居装饰中的作用不言而喻。它在扮演"风景"的同时，兼具功能性，并能为主人打造隐蔽的私密空间。

19 时尚简洁的玄关

玄关设计简洁明快，质朴的大柜子兼有强大的收纳功能。

欧式风格的玄关

　　欧式风格的玄关设计，充满浓郁的欧洲乡村风情。

21

玄关的功能作用

　　为了装饰作用，进门第一眼看到的就是玄关，这是客人从繁杂的外界进入这个家庭的最初感觉。可以说，玄关设计是设计师整体设计思想的浓缩，它在房间装饰中起到画龙点睛的作用。

图书在版编目（ＣＩＰ）数据

客厅·玄关200例 / 东易日盛编辑部主编. -- 长春:
吉林科学技术出版社， 2010.5
ISBN 978-7-5384-4671-5

Ⅰ. ①客… Ⅱ. ①东… Ⅲ. ①客厅－室内装修－建筑
设计－图集②门厅－室内装修－建筑设计－图集 Ⅳ.
①TU767-64

中国版本图书馆CIP数据核字(2010)第046630号

东易日盛编辑部 / 主编
责任编辑 / 崔 岩 解春谊
特约编辑 / 邓 娴
封面设计 / 崔 岩 崔栢瑞
图片提供 / 东易日盛家居装饰集团股份有限公司
首席摄影 / 恽 伟
设计助理 / 邓 娴 沈 杨 李 璐 崔 城 刘 冰 田天航 李 爽
　　　　　赵淑岩 沈 彤 陈 瑶 韩淑兰 韩志武 王　　 张 萍
　　　　　崔梅花 韩宝玉 王 伟 朴洁莲 具杨花 宋
内文设计 / 吴凤泽 李 萍 潘 玲 潘 多 田 雨

吉林科学技术出版社出版、发行
社址 / 长春市人民大街 4646 号
邮编 / 130021
发行部电话 传真 / 0431-85677817　85635177　85651759
　　　　　　　　　　　85651628　85600611　85670016
储运部电话 / 0431-84612872
编辑部电话 / 0431-85679177　85635186
网址 /www.jlstp.com
实名 / 吉林科学技术出版社
印刷 / 长春新华印刷集团有限公司

如有印装质量问题　可寄出版社调换
889mm×1194mm　　16 开
11.5 印张　　100 千字
2010 年 7 月第 1 版　　2010 年 7 月第 1 次印刷
ISBN　978-7-5384-4671-5
定价 / 39.90 元